GROLIER LIMITÉE
Montréal

Walt Disney présente

LE

PRINCE ET LE PAUVRE

Pendant de nombreuses années, l'Angleterre fut gouvernée par un Roi juste et bon. Ses sujets étaient heureux sous son règne. Mais un jour, le Roi tomba malade.

L'avide chef des gardes, Pete
Hibulaire, y vit alors l'occasion de voler
et de terroriser la population.

Sans bois pour chauffer leurs petites maisons et manquant de nourriture, la population de tout le royaume souffrit terriblement.

Personne ne semblait être en mesure de sauver le royaume de l'emprise de Pete Hibulaire, jusqu'à ce qu'un jour...

«Bois d'allumage! Bois d'allumage!» annonçait
Mickey.

À ses côtés, Dingo criait, «Cornets de glace en
vente ici! Approchez! Approchez!» Les deux amis
avaient faim et froid, eux aussi, mais ils tentaient
de faire contre mauvaise fortune bon cœur.

Soudain, un carrosse rempli des soldats de Pete Hibulaire tourna le coin à vive allure, éclaboussant de neige Mickey et Dingo. Pluto, le chien de Mickey, s'ébroua pour enlever la neige sur son museau et se lança à la poursuite du carrosse.

Mickey suivit Pluto jusqu'au palais royal.
En apercevant Mickey, un des gardes de Pete
lui fit la révérence. «Soyez
le bienvenu chez vous,
jeune Prince!» dit-il.

«Espèce d'idiot!» grogna Pete Hibulaire. «Ne sais-tu pas que le Prince est dans sa chambre?» Il saisit Mickey et était sur le point de le renvoyer lorsque le Prince l'appela.

«Ce n'est pas une façon de traiter un de mes sujets! Lâche ce garçon et fais-le monter à ma chambre.»

Tout en se rendant à la chambre du Prince, Mickey admirait les meubles luxueux du palais. Émerveillé par ce qu'il voyait, il ne regardait pas où il allait, si bien qu'il trébucha sur une rangée d'armures.

Le Prince apparut à ce moment. Comme
il venait pour accueillir Mickey, des
casques tombèrent sur leur tête.

Mickey et le Prince retirèrent leur casque et se regardèrent, stupéfaits.

«Vous me ressemblez!» s'écria Mickey.

«Non, non, non!» s'exclama le Prince. «C'est vous qui me ressemblez. Vous êtes mon sosie!»

Le Prince eut alors une idée. «Si on changeait de place pour une journée. J'en ai assez d'être un prince», dit-il. «J'en ai assez d'étudier, de pratiquer l'escrime et de ne jamais faire ce qui me plaît. J'aimerais voir ce qui se passe à l'extérieur des murs de ce palais.»

«Si nous échangeons nos habits, dit-il à Mickey, vous pourrez vivre comme un prince pendant quelque temps. Et je pourrai parcourir le royaume — comme un citoyen ordinaire!»

«Mais je ne sais pas comment être un prince», dit Mickey.

«Ne vous en faites pas!» l'assura le Prince en donnant à Mickey quelques vêtements royaux. «Pour gouverner, vous n'avez qu'à dire 'Excellente idée. Je suis content d'y avoir pensé.' et 'Gardes, emparez-vous de cet homme!'»

Le Prince revêtit les habits
de Mickey, sortit par une
fenêtre et se laissa descendre
le long d'une plante grimpante.
   «Je serai de retour
bientôt», cria le Prince.

Prenant le Prince pour Mickey, Pete Hibulaire l'empoigna aussitôt qu'il toucha le sol. Puis il mit le Prince dans une catapulte et le projeta par-dessus la palissade!

«Et surtout ne revenez pas!» cria Pete.

Le Prince tomba tête la première dans la neige et Dingo et Pluto s'amenèrent aussitôt à son aide. En sentant le Prince, Pluto sut tout de suite qu'il ne s'agissait pas de son maître, Mickey. Alors il alla s'asseoir devant le portail du château pour attendre le vrai Mickey.

«Sapristi, Mickey!» s'écria Dingo. «Tu ne devrais pas franchir les murs de cette façon. Tu pourrais te blesser!»

Bien entendu, le Prince n'avait aucune idée de qui était Dingo.

«C'est moi, Dingo. Tu te souviens de moi?» dit l'ami de Mickey.

«Ah, je vois, mon brave», bredouilla le Prince. «Mais je dois partir maintenant. Au revoir.»

Dingo était vraiment déconcerté. Mickey ne s'exprimait jamais de cette façon!

Après avoir réussi à
semer Dingo, le
Prince commença à admirer les
environs.

«Quel bel endroit!» se dit-il. «Je
devrai essayer de venir ici plus
souvent.»

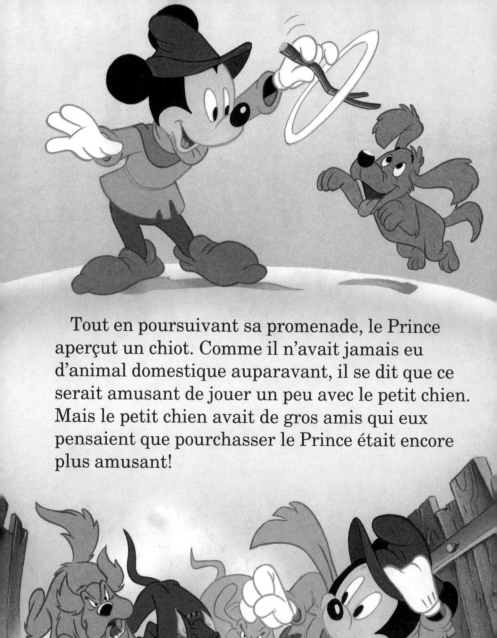

Tout en poursuivant sa promenade, le Prince aperçut un chiot. Comme il n'avait jamais eu d'animal domestique auparavant, il se dit que ce serait amusant de jouer un peu avec le petit chien. Mais le petit chien avait de gros amis qui eux pensaient que pourchasser le Prince était encore plus amusant!

Pendant ce temps, au palais, Mickey s'ennuyait royalement dans son rôle de prince. Il n'aimait pas du tout passer ses journées à étudier — surtout pas s'il pouvait manger à la place!

Mickey se lécha les lèvres en voyant Donald,
le valet du Prince, découper une grosse dinde.
Mickey s'approcha pour en prendre un
morceau, mais Donald le repoussa.

«Non, non, Votre Majesté», dit Donald. «Pas tout
de suite! Vous savez bien que je dois d'abord
goûter. Et si un de vos ennemis essayait de vous
empoisonner?»

«Quels ennemis?» demanda Mickey. Mais Donald
ne répondit pas. Sa bouche était trop pleine. Et il
eut tôt fait de manger tout ce qu'il y avait dans
l'assiette!

À l'extérieur du palais,
le véritable Prince eut
tôt fait, lui, de découvrir
que les plus grands
ennemis des citoyens
étaient les gardes du Roi!

Pete Hibulaire avait ordonné à ses
hommes de voler tout ce qu'ils pouvaient!
Le Prince était horrifié!

«À titre de Prince, je vous ordonne de retourner tout ce que vous avez volé!» déclara-t-il.

«Prince?» se moqua un soldat. «Ah, je vois. Vous avez oublié votre couronne aujourd'hui», ajouta-t-il en lançant une citrouille sur le Prince. «Qu'est-ce que vous dites de ça comme couronne?»

C'est alors que le Prince se souvint de quelque
chose. «Je peux prouver que je suis le Prince!»
s'écria-t-il. Il leur montra sa Bague Royale, la seule
chose qu'il avait apportée du palais.

Tout le monde salua le Prince en voyant la bague
— même le soldat qui conduisait une charrette
remplie de nourriture volée. «C'est *bien* le Prince!»
cria-t-il.

Le Prince entreprit alors de remettre la nourriture aux gens affamés. Il distribua des miches de pain, du poulet, des saucissons et du jambon, jusqu'à ce qu'il ne restât plus rien.

«Vive le Prince!» s'exclama la foule heureuse.

Mais tout le monde n'était pas heureux de la gentillesse du Prince — encore moins les espions de Pete Hibulaire qui s'empressèrent d'aller avertir leur chef. Pete alla rapidement trouver le Prince et le fit emprisonner dans une tour du palais!

Donald fut emprisonné également.

Le Prince s'assit sur le plancher de pierre froid et se mit à pleurer. Étant donné qu'il avait changé de place avec Mickey, il n'avait pas pu être présent lors du décès de son père, le Roi. Et maintenant, Mickey, le pauvre, allait être couronné Roi!

On entendit soudain quelqu'un approcher d'un
pas lourd. Donald et le Prince regardèrent à
travers les barreaux de la porte de leur cellule et
virent une grande silhouette tout de noir vêtue
s'amener vers eux, une énorme hache à la main.

«C'est le bourreau royal!» bredouilla Donald.
«Pete Hibulaire a dû lui ordonner de venir ici!»

Le Prince et Donald frissonnèrent à l'approche
du bourreau. Mais, à leur grand étonnement, il
trébucha sur sa longue robe et frappa les gardes
avec le revers de sa hache.

«Sapristi, je suis vraiment désolé!» s'écria Dingo
en retirant son capuchon. Puis il prit les clés et
déverrouilla la porte.

Pendant ce temps, Pete Hibulaire menait son
sinistre plan à exécution. Il força Mickey à devenir
le nouveau roi. Pour s'assurer que Mickey obéirait
à ses ordres, il avait kidnappé Pluto. Pete savait
que Mickey ne ferait jamais rien qui puisse mettre
Pluto en danger. Mickey roi, Pete Hibulaire
pourrait diriger le royaume comme bon lui
semblerait!

Comme on s'apprêtait à couronner Mickey, ce dernier s'esquiva et dit, «Arrêtez! Pete Hibulaire est un traître! Gardes, emparez-vous de cet homme!»

«Ce garçon est un imposteur!» cria Pete.

«Mais pas moi!» répliqua le Prince en faisant irruption dans la pièce. En s'avançant vers Pete Hibulaire, il saisit l'épée d'un garde, et le combat commença.

Dingo et Donald faisaient de leur mieux pour aider le Prince. Donald balança sa hache et coupa les cordes auxquelles était suspendu le lustre. Celui-ci tomba sur un groupe de soldats.

Lorsque le vaillant Prince fit tomber l'épée des mains de Pete, les citoyens poussèrent des hourras.

«Qu'on les emmène au donjon!» ordonna le Prince. Les citoyens ligotèrent Pete et ses hommes et les emprisonnèrent.

La cérémonie de couronnement put finalement
avoir lieu. Le véritable Prince fut couronné Roi, et
les citoyens du royaume purent à nouveau se sentir
en sécurité avec un roi juste et bon. Ils vécurent
heureux — grâce à Mickey, Dingo et Donald!